歌集

春告草

田中幸子

砂子屋書房

＊目次

I

装本・倉本　修

歌集　春告草

はるつげぐさ

I

りんご飴

玄関の前に咲きたる雪柳をさなきころは髪に飾りき

ほつそりとしてゐた昔を懐かしみ太れるわれを夫は嘆かふ

樽のやうだと言はるるなれど君のため美味しい酒を蔵《しま》ひをるなり

寒椿雪の重さに耐へうるか力強さをわれに示せよ

風花に吹かれて夫と散歩するあまり寒くてお腹がすいた

中学を受験するとて溜息をつきては本を開く息子よ

子も親も受験地獄に耐へるなり笑ひも失せし我が家となりて

水槽に飼はれて久しき亀弱りじつと見てゐる吾子のまなざし

ひと昔前に流行りし歌を聞く久しぶりなり君の休みは

小春日に夫に誘はれ居酒屋で美味美酒味はふ人生よきかな

さまざまな露店が並ぶ浅草で子らへのみやげりんご飴買ふ

仕立ておろしの

花のなき椿山荘を訪れて子らの結婚夢見て帰る

夫からゴスペルコンサートに誘はれてバレンタインの夜を過ごしぬ

プラチナの指輪を投資と考へて買ひしが夫にバレてしまひぬ

忘れたいことだけはつきり覚えてて大事なことは忘れてしまふ

みぞれ舞ふ春分の日にメロン買ふ夫の昇進しみじみ嬉し

水の面にゆるりと波紋作りつつ鯉がゆつたり泳ぐ倉敷

生ぐさき古城おとなひ古への武者の暮らしを想像したり

何といふことなく半年過ぎたるを幸せといふか虚しいといふか

幼なき日夏祭りにはいつだつて仕立ておろしのゆかたを着てた

日中は一人で守るこの家に昔はやりし歌を流して

賃金と疲労はかならず比例して夫はこの夏過酷のきはみ

朝戸出に些細なことで諍ひし夫の帰りをしきりに待てり

パッパッパッ花火が闇をつき抜けて寂しいなどと言ってはをれぬ

幸せですパパありがたう寝顔見てつくづく思ふ熱帯夜続く

高原の駅に楚々と咲く金魚草幼なき日へと我をいざなふ

パソコンで氷川きよしを検索すその時だけはをばさん忘れて

逆転し逆転したる試合見て所沢から帰るは楽し

鍋 奉 行

玲美がまた名古屋へ帰りしみじみと寂しく思ふ秋の夜長に

古里の父母が送りくる柿と栗　秋はつくづく良き季節なり

弟が継ぐを拒否して老い父が必死で回す田舎の工場

古里の老いたる父より恒例のメロンの包み届きくるなり

性欲と言ふにはあらず甘えたく夫の蒲団にもぐりこみます

幼子を見かけるたびに孫の無き寂しさと心細さをつくづく感ず

川口教会

正月に献金当番勧められふつつかながら無事に努めぬ

守られて安らぎのうちに日々暮らす主にたまはりし平安うれし

アルバムを見てはわが子をナポレオンに似てたと思ふわたし親ばか

傍らに居るそのことだけで充分ですわが夫のことさう思つてゐます

カニしやぶを家族そろつて食べましたやつぱり夫が鍋奉行にて

抜けし髪に白髪一本混じりゐて若いつもりの出鼻をくじく

買ひ物の帰り路どこからか沈丁花香りてわれをなごます

よく笑へ笑ふ門には福が来ると七十の友は我を諭せり

かたはらでたわいない話をする娘あり片手間に聞くも母われの幸

九十の姑を一人で置いてゐて電話かければ励ましくれる

若きわれをひとり呼び寄せ大きなる桃を食べさせくれたる姑よ

食べながら涙が出ると言へる姑夫が送りしささやかな品を

本棚の整理をせねばならぬのを明日明日とずぼら決めこむ

これぞ平安

何といふことも無きまま一日が過ぎてゆくなりこれぞ平安

十和田湖は霧の中なりふたたびを来て見あげたり乙女の像を

子をふたり置いて夫婦で旅をするテレフォンカード何度も使ひ

記念にて夫が選びぬこの旅で一木づくりの手つなぐ人形

わが夫は口は悪いが優しき人これこそまさに最たる恵み

銀座まで落語を聞きに夫と来たわが目に夜の蝶が美し

夫の居ぬ夜は寂しい電話待ついつまでたってもわたし恋女

わが実母に優しさくれるこのひとに心の中で手を合はせてる

送られ来たる白桃ほどほどに冷やしおき家族揃ひて食ぶるは嬉し

春告草

古里の春告草を思ふ頃父はあの世へ逝きてしまへり

雪洞《ぼんぼり》のような優しい胸と腕とがあなたにはありわれを宥める

夫の声電話で聞けば安堵する優しい声を聞けばなほさら

名古屋から三日ぶりに帰り着くあなたのために酒買ひて待つ

姑の声電話するたび衰へて励ましくれるはいつものことぞ

我が娘を初めて抱いたあの時のあの感動が最高のもの
乳ふくむその顔いまもありありと覚えてをりぬ初めての子の

春一番

フュルルルと春一番が吹く朝や和服姿の人みな美しき

インフレの対策として宝石を買はんとすれば娘に叱られる

絶対といふ言葉は使ふなと父母が諭しくれしを今に思ひぬ

二年ぶりに実家に帰りてしみじみと白髪の増えし父を仰げり

寒風を蹴飛ばすラグビー見に行けり久しぶりなり夫とのデート

なにげない会話の中にわたしへの思ひやりある夫を見直す

上階の涼ちやんが今日夜更かしで足音がする元気でよかつた

水仙が心地良き香を放ちゐる父の遺影に手向けしものよ

三月に進退決まる夫ゆゑ家に在らぬを寂しがるまい

花冷えの街

玲美さんは恋待蕾どんな人だろ花にする人嬉しく寂し

みずからを「玲美がね」といふ癖のあるわが娘いつまでも少女のごとし

嫁にゆき早く子供を産めといふ夫は生来オプティミストで

我が髪にひとふさ手折りて飾りたしうす紅色のその桜ばな

山口のドラ娘とはわがことか家事をサボれば息子が揶揄する

我の名は幸子《さち》といへるまこと幸の多かる生に恵まれてをり

三十年あつといふ間に過ぎゆきて二人子育ち我らは老いぬ

仕込みてはや二年の梅酒宵々に無聊のわれを宥《なだ》めてくれる

我が夫がもつと痩せろと何度も言ふ関心あるゆゑと受けとめおかむ

魅せられました

リリアまで夫と落語を聞きに行き三枝の芸に腹から笑ふ

浦和まで松井誠に会ひに行く夫には悪いが魅せられました

音楽を聞きつつ今日も待つてゐる三日ぶりに帰る優しいあなた

優しくてしつかりしてゐる我が娘この賜物を感謝しきれず

突然にやるせない気が湧きおこる満たされてゐる境涯なるに

拉致といふ許しがたかる暴力を断固糾弾せよ国威にかけて

玲美さんが日曜出勤する顔見れば仕事の顔なり毅然としてる

忙しき合間をぬうて台所おしやべりしつつ菓子つくる娘よ

この母を見て嫁に行かぬかわが娘母である幸知らぬは侘し
釣書きがなければならぬ人などと見合ひはせぬと娘は言ひ放つ

親子で散歩

夜食にとりんごをひとつペロリ食べ寂しい女は太ると思ふ

温厚な夫ゆゑ我のわがままを笑ひて聞いてくれるが嬉し

清明に目ざしを焼きて夫を待つ夫婦のキッスは目ざしのかをり

母の日の記念にパールのブローチを買ひたる我は二人子の母

難しき試験に受かり安堵せる娘に祝ひの鯛を買ひたり

幼き日買ひ与へたる縫ひぐるみ娘は今も部屋に飾れる

うからは宝

取得とて少なき我に夫と子はそれぞれ優し　うからは宝

竹の子を掘りに夫と行きました美味しい煮物はづむ会話で

同窓会皺はあれども面影は昔のままですあれから四十年

くちなしを一鉢求む若き日に買ひし指輪が指を通らぬ

傍に居るはずの夫が今日も居ず一人寝るのも慣れたこの頃

今日もまた帰りの遅い夫待てば替はるがはるに子が語り来る

三個ほど内緒でケーキを平らげぬ体重計はやはり正直

やきもち妻

「狸穴《まみあな》」に一家して行く貸し切りで美酒美食に足る話もはづむ

困難の多い戦後を生きてきた母と姑とにハッピーエンドを

手と足にきつちりマニキュア塗りました夏をおしやれに乗り切るつもり

この人の妻で良かつた時として清くて強い心を見せくれる

目に見えぬ糸を手に繰る心地にて夫に身体を寄せてみるなり

宝石のような子供が二人居て我ら夫婦は充たされてをり

幸せをひょいとかかへて来るようなそんな夫ですお酒が好きで

明石焼き夫のみやげに舌鼓やきもち妻の舌に合ひたり

九十になりても夫と子供らのために働ける私でゐたい

どーも君

闇がある、だから光も見えゐると自らにまた言ひ聞かせゐる

何ひとつとりあげたとて幸せの四十年はさつと過ぎしよ

四角くてこげ茶色なる「どーも君」きつと私も同類だらう

ことことことシチューを煮れば無駄なこと考へるなと鍋が言ふなり

さみしさは朝の残りのオレンジに預けて厨に立たんと思ふ

道の辺のアザミのごとくその針を心にもちて乱れたるわれ

病気とは個々が持ちゐる病覚によるものと言ひたり星野富弘

ほつといて私はどうせ思ひこみ激しいをんな損は覚悟よ

夫からのメールが今日は無いままで少し心が疲れてゐます

かーちい

プサンから神戸に向けて帰る夫夢中で過ぎたこの四十年

適当な幸と不幸を負ひしまま人間だれも老いてゆくなり

恐いくらい平穏な日々が続いてる明日は雨でも宝くじ買ふ

夫と子を話題にするしか能の無い老婆になりきと軌道修正

喜ばねばすべてのことを感謝せねば沈没するらんこの浮舟は

口きかぬやうになりたる子が日暮れ献立聞きくるやさしき声で

プラモデルつくる息子の指先は知らぬ間に大人のものなり頼もしきなり

われのこと「かーちい」と呼ぶ子二人ゐて夏の厨に今日も立つなり

理不尽なこと言ふ上司創さんを苦しめてるらし仕事の現場

夫とわれは高校時代を共にしたかけがへの無い恋愛夫婦

熱烈な恋愛をして結ばれた我らの子供は結婚せぬと言ふ

康世といふ反核思想の友人があるなりわれを刺激しやまぬ

曼殊沙華

目が覚めて夫の寝顔を見つめてる優しいくせに口の悪い人

言ひ返す気力も失せたいつものことと夫の辛口笑つて聞くなり

われは猫寝そべりゐるが何よりも好きと心のうちに思へる

ストレートに物言ふように生きてきて今さら潤ひ足りぬを嘆く

玲美ちやんの後ろ頭もパパに似てやつぱり西武の応援をする

蝶々の輪舞のごとく風のなか公孫樹の葉つぱが無数に散るよ

ＣＤで秋元順子を聞きながら家事をこなすもなかなか娯し

鳩の骸

気がつけば狭庭に秋を告げるごと曼殊沙華咲く一輪しやんと

コンビニの前でうつろな眼をした若者たちが夜更けにさわぐ

子を捨てて夫も捨てて古里に一人帰らう寂し過ぎれば

自死したる息子の葬儀にも休めぬと友の嘆きをただ聞くばかり

友の不幸聞かされてをり言の葉に出せぬ悲しみわれにもあるを

この胸に顔を埋めよと手をのべる悲しむわれを夫は宥めり

街路樹の根かたに横たふ鳩の骸いかなる辛苦に耐へてきたるか

少しづつ解き放たれて年を取る欲といふ欲も少なくなりて

華甲迎へた

馬桜を聞きに銀座まで夫と行きたれど私の鼾で喧嘩になりぬ

木戸銭が高いと夫は嘆けども幾度も寄席に足運ぶなり

お使ひはなるべく遠くに行くことに太れば死ぬと皆が言ふから
吉田まで年越しそばを買ひに行く美味しい蕎麦をと君が言ふから
あと五年働いてくださいい私も頑張りますのでどうぞよろしく

ワイン飲み羊羹も食べる夫なりウォーキングも欠かさずにする

いやなこといやとはつきり申し述ぶ夫婦の絆強めるためにも

短かかる命と思ひ生きてきた大病したが華甲迎へた

乳癌の手術をしたる我なれば人魚姫の切ない慕情がわかる

右腕の腫れは癌の後遺症乳房あらぬは永久の欠損

癒ゆるには余りに遠く悲しめど重からざるを恩寵とする

夫とわれ運命として出会ひたり別れたらきつと平衡失ふ

順さんがなかなか帰つてこないままバレンタインの夜は更けゆく

朝ごとに軽いキッスをする夫が俺のリップクリーム使ふなと言ふ

II

屈託がない

風にのり太鼓の音が聞こえくるこの地に根づきてはや十年

久美ちゃんが民生委員やってるらしい相も変らず屈託が無い

鍵っ子が夜更けにピアノ弾くことをマンションの皆許してをりぬ

「人形が好きな子だつた」と我のこと母は言ふなり幼き日々を

涙することが増えたり震災の悲惨な報に接するたびに

筒井筒田中君とは結ばれて子を授りしこと思ひもよらず

宿痾得て祈念すること覚えたり魂の巾広くなりしか

誰にでも欠けはあります完全は神様だけに帰着するもの

人生は苦にて楽知るそんなこと考へてゐる今日この頃は

今日も家守で

青森へ夫と向かひぬ下車すると津軽三味線迎へくれたり

手に入れしカメオのブローチ幸ひのひとつと思ふ死後も残らむ

舌を噛む癖が直らず饒舌な歯医者のところへ今日は行きたし

夫からのメールに押され家事をなす優しいけれど生真面目な人

母さんに美味しいものを食べさすとリクルートさなかの息子が言ひぬ

横浜と神戸の訛り混じる子ら転勤族でありたる証し

梨むきてイエスの磔刑思ひをり親として重い決断のとき

夫婦とはいへども互《かた》みに踏み込まずいまだ二人の鮮度を保つ

脱ぎすてて出かけてゆきし夫のパジャマ手に取りたればまだ温かし

大きなるスイカが届き冷やしたりかぶりつきても暑いは暑い

朝顔の種を取り出し来年に備へおくなり青の大輪

夫の好きな南蛮漬けを作りをり地震が来ぬかと心配しつつ

冗談のひとつも言へぬ性格で華甲までできた大病もした

夏の旅

暑さなか京都に来たりて舞妓さん挟んで夫婦写真を撮りぬ

十七歳舞妓は桃花と名のりたり艶《あで》やかな所作に座敷をつとむ

貴船にて川床料理に舌つづみ京都の夏もここは涼しい

川床料理うまくてよけれど寄りてくる虫の多さに辟易したり

記念とし河原町にて金時計購ひたれば夏も終はるか

梅花藻を見むとて暑い道を行き白く可憐な花のぞきこむ

琵琶湖にてミシガン号に乗りたれど軽音楽は暑くてうるさい

名古屋では金シャチ横丁訪ひてかき氷にやうやく暑さをしのぐ

僧の言ふ

生きるとは苦しきものと僧の言ふさうかと思へば気も楽になる

幸せとつくづく思ふ今日もまた家守で通し菜をきざみをり

十代を共に遊びし友がらと酒くみ交はしつきぬ話を

節ちゃんが誘ひくれたる温泉は花火も富士も目交にたつ

富士山を湖面に写す風景をホテルにて見る湯浴みしながら

宵花火ドドドとあがる美しさ空もストレス解消してる

メルヘンの丘にて写真撮りたるが華甲四人は笑ひが絶えず

我が夫は休みの今日も家に居ずほつとかれ妻はカニ鍋作る

あたふたと師走は過ぎて正月も今日で終はりか餅ひとつ食ぶ

我が娘一から十までこの我と違つているぞとレモンティー作る

母といふ感激をわれに与へたる娘よいつかは母となりて喜べ

名古屋より玲美がとつぜん帰り来て心にはかに明るくなりぬ

神を見よ

干渉をするまい言ふまいもうすでに充分年を取りたる子らよ

母さんは故障くらひでちやうどいい息子にエール送られてをり

ラーメンを食べに行かうと子が誘ふ母の疲れを知つてゐるのか

人を見るな神を見よとの忠告は有難けれど実行ならず

御言葉を戴きしのち愉しみに向かふわたしは茨に蔽はれし土

菜の花が風に揺れてる駅過ぎて有田に行きぬ夫と一緒に

玲美さんの帰りは遅い豚汁を用意して待つＣＤ聴きつつ

知床へ二人の友と夏の旅一週間ほど主婦を休んで

オールフリーのビールを飲んでおとなしく家守を通す干し鰺焼いて

夫の声

元気かとアメリカからの電話あり夫の声がわれを生かしむ

船橋で浴衣を二着作りたり誰より夫に見せたく思ふ

苦しみは執着から来ると師の言へり外は桜の盛りなるころ

湯木先生相も変はらず優しくて「いつかどこかで会ひたい」と言ふ

幸ひに満ちあふれるいま言葉なく全てを神に委ねんとする

飛行機に乗るとき必ず亡き父の形見の時計つけてゆく夫

我が夫が北アメリカから帰る日が明日になりたり鶴首して待つ

その名前「フォーエバー」といふ香水がアメリカからの夫の土産

今日はシチューで

努力して得られぬ物は数あれど孫を持てぬが無念の極み

おのれ捨て育ててくれし母ゆゑに生きてゐるうちに孝行したし

同じ家に夫の在らぬも慣れしかど帰りて来るを支へとなしぬ

帰り来し夫の背広に香水の痕跡あるをあえて咎めず

我にとり絹をまとふは至福なりお蚕さまに感謝をしよう

大阪に出張するとふ玲美さんは女丈夫となり夫に似てゐる

少年の頃より知りたる君ゆゑにかけがへなき人死に給ふな先に

竜胆を買ひきて仏前に供へたり明日は仏壇掃除をしよう

護られて四十五年を生きてきた白髪の夫は浦島太郎

飲みこめど呑みこみがたきもののいくつ秋も深まり子ら結婚せず

遠雷をひとり聞きつつ栗の皮剝いてゐるなり午睡の後に

秋の風寂しく我を立たしむる今日はシチューで夫子を待ちぬ

秋深し厨にて菜を刻みつつ虫の音を聴く　死ぬときは独り

三十代の頃

不手ぎはを笑顔にてさらりと聞き流す上司のもとにて我は勤めたり

ひと昔前に流行りし歌うたふ久しぶりなり夫の休みは

体調のすぐれぬ夫が家に居て温かき宵　粥を作らむ

テレビにて母と呼ばれし人の顔どこか故郷の母に重なる

風邪をひき寝こみし我を労りて登校前におじや作る娘

朝早く見舞ひに来たる夫の手に昇進通知有るを喜ぶ

きんぴらを作りて夫を労りぬその無口をも優しさとなす

ユウスゲ

みづからが変はればすべて変はるとふ尊きことば心に灯す

聖堂で涙を洗ふ温かき言葉に触れて酷暑の午後を

流れゆく病葉に乗る我ゆゑに行き着く所何処なりしや

けふもまたいちにち無事に暮れゆきて西公園に夏椿散る

短冊に多くの人の手を思ふ仙台の祭りくぐりつつ見る

キューポラの町に立ちゐるライオン像夜は動くと誰か言ひたり

傾いた家屋で作るパンを買ふ老爺がふたりで営むパン屋

無花果はイエスを思はす味はひで夏のひと日がこんなに豊か

ヨーロッパで夫が求めきし人形「人形の家」とはならぬわが家に立つ

花を見ず家に籠りて飴なめてテレビ見てゐる　私ハレモノ

熱《いき》れたるアスファルトの道健脚の夫に連れられ落語を聞きに

怪獣が目の前に来て暴れてるそんな気がする青森ねぶた

ユフスゲは夜咲く花にて黄色なり背は高くなく出自は田舎

バスは行くそれぞれ人の人生の断片乗せて秋の気のなか

公園のコスモスが風に揺れてゐた夏もそろそろ終りだらうか

冬が好き

細雪はかなきものを喜びて絹をまとふは我のよろこび

眺めたきは朝夕目にせし故山なり実家はつひに空屋となれり

毎日がかしぎに追はるるわれなれどせめて本読み三味線を弾く

つつましく生きてゆくのが天命と思ひ定めて家妻である

わが夫を待宵草で今日も待つ注文の多い夫であれども

祈りとはひとつの完結くよくよしない、させないことなり冬は本番

スーパーで求めし七草農薬の匂ひが著《しる》く捨ててしまひぬ

自らを捨てしままにて子を育て老人ホームで死を待つ母よ

古里の母が作れる牡丹餅がむしやうに食べたいお彼岸となる

幼き日晴着に飴をつけたるを怒らざりし母が今に慕はし

赤色のコートを求め経年劣化ものともせず鮮しく生く

不夜城のセブンイレブン真夜なれどケーキを買ひにひつそりと行く

三日月

三日月で兎が眠つているやうだ心の傷で我は眠れず

ゼロカロリーの飴玉舐めてわれはまた無聊をなぐさむ　日の入り時だ

耳すまし夫と子らの帰り待つ聞こえくるのは風の音のみ

寂しくて米研ぐ指の冷たさがからだに凍みる冬の夕暮れ

落としたら欠ける茶碗のこの我に夫の言葉はときどき刃物

三日月が落ちてきさうな冬の夜私は夫と落語に向かふ

オホーツクの夕日がまぶし足下にキタキツネの子出て来て遊ぶ

浅蜊の事情

佐藤師が苦しむことなく亡くなられメロンを贈る機会を無くす

宗教に埋没したる個性とは他を受け容れぬ頑迷なるべし

玲美さんを守りくれたる雛人形老人ホームへ寄附するつもり

マザコンで結婚しないといふ息子それを喜ぶ私は勝手

花冷えが掃除する身に心地良し古里の母は元気だらうか

小雨降る新宿御苑を散歩する桜は健気に花咲かせたり

戦争の犠牲となりし人たちの御霊の庭に白鳩数羽

ランチ取り乾杯をする夫とわれ十九の時から二人は一緒

図書館で君の横顔見つめてた高校のころ真面目な顔を

浅蜊には浅蜊の事情がありまして私は砂抜き苦手とすなり

指先が炎症おこして使へねば三日ばかりは厨に立てず

よく磨いだお米はうましわが夫が力を入れて磨ぐ米うまし

わが夫が気軽に厨に立ちゐるを感謝してをりまぶしいけれど

春が来る

大好きな和菓子の店が閉ぢるとふ淋しい知らせ春日を浴びる

イカナゴの釘煮が届くと春が来るかつて住みたる神戸の春が

春の嵐に合はせるごとし胸内に言葉がいくつも回つてやまぬ

車窓から見る緑こそ安定剤ビルに囲まれ過ごす我には

木蓮と桜愛でつつビール飲み弁当食べぬ夫とわれの春

許されよ主の痛みすら忘れゐてひとりの幸に酔ひ来しことを

幼時より単細胞なると咎められ生きてきたりぬこの年までを

壱岐へ

船旅を計画したり念願のネイルサロンも旅程に入れた

壱岐の島二百八十もの古墳あり魚介がおどろくほどに旨かり

人の手で運べぬほどの大石は鬼が運びしものにやあらむ

猿石と呼ばるる岩の塊があまりに猿に似てゐて可笑し

豪族が千何百年まえ多くゐた壱岐の栄を聞きつつめぐる

蔵元で焼酎試飲したけれどウィスキーに似て好きになれない

神戸にてポートピアホテルのスイートルーム高価な肉を夫と食べたり

十字架

水田に白鷺一羽立ちつくし田表に白く写りてゐたり

夏椿鎌倉の寺に咲き誇る嘘はつけぬと一枝折りぬ

甘やかな時の滴を浴びながら我ら老夫婦船旅をする

柱のなかに隠されゐたる十字架を声なく見たり平戸の島で

「母さんのやうには生きたくないのよ」と私も昔は言つたりしたもの

玲美さんはハードな仕事で土日には眠り姫なり王子は現はれず

腹ぽんとあだ名をつけてわれを呼ぶ夫は青春をともにせしひと

暗かりし青春時代にわが夫はひかりをくれし唯一のひと

残業で帰りの遅い娘を待てり幾つになつても可愛いばかり

やさしくて強いところも夫に似た玲美をお嫁にやるのはいやだ

手に乗せて品定めする陶器市ごはん茶碗を七個買ひたり

春の雪

春の雪花びらまとひ落ちくるを頭をあげて浴びてみるかな

淡雪をてのひらに受け香りかぐ春の雪なり嫩葉のかをり

新潟へ家族四人でおもむきぬふだんはできぬ会話しながら

予期せざる燕三条アウトレットに立ち寄りて台所用品いくつも求む

彫刻を西福寺にて鑑賞す細かい描写に感嘆しながら

雲蝶の彫刻多き西福寺見めぐるほどに迫るものあり

英彦山にロープウェーにて登りきて越後平野を一望にせり

数の子を寺泊にて求めたりやはり格別に美味しいものだ

銅像に屋根がついてる角栄の娘眞紀子の愛情ならん

椿のごとく

結城着て歌舞伎座へ行く今日だけは日本人に生まれて嬉し

皮剝けば指がしたたか濡れてゆく伊予柑食べて春を鶴首す

少しづつ地球は破滅に向かふのか自然災害尋常にあらず

余裕無き若さが我を支配して義母にたうとう優しくできず

大島の椿園にて眺めたる「春の舞」いまもわが心に残れる

口悪しき夫をさびしむ我とても娘《こ》に言はせれば「空気が読めぬ」

あえかなる時のはざまを生き生きて椿のごとくばさりと死なむ

苦しいこと忘れんがため口笛をひとふし吹けば今日は立春

解説

久々湊盈子

田中幸子さんが埼玉県川口市の公民館で開かれていた歌会に入会して来られたのは平成十年のことである。当時のおおかたの会員たちより少し年下だったということもあって、田中さんは最初から雑談のなかにあまり入ってこない控えめな女性という感じであった。歌会のあと、皆で会食をしていても必ず先に席を立って帰ってゆく。午後はやくから夕餉の支度にかかるのだというのであった。ひとつには田中さん自身が「あとがき」に記されているように、三十五歳という、女性にとっていちばん充溢しているはずの時期に乳癌であることがわかって、右の乳房を切除されたという大きな試練を越えた方であったからかもしれない。乳癌というのは手術をしても再発することの多い癌であるから、この時に思いきって全摘されたのは結果的には大正解であったと言わねばならないだろう。しかし、女性にとって乳房を失うということがその後の人生において、肉体的にも精神的にもどんなに過酷なことであったか、想像するにあまりある。今にしてそのことの重大さを思えば、田中さんが太平楽に笑いさざめく仲間に距離をおきがちであったというのもよくわかるのである。
それゆえに、と言っていいのだろう。田中さんは家族をこれ以上なく大切にしている。それは本集を手にとっていただいた方にはすぐおわかりいただけると思うのだが、高校時代に同級生として知り合った夫君への愛情の寄せ方は半端ではない。また、長女、長男のふたりにも惜しみない愛をそそぐ。作品をあげながらその辺りをみてみよう。

小春日に夫に誘はれ居酒屋で美味美酒味はふ人生よきかな
賃金と疲労はかならず比例して夫はこの夏過酷のきはみ
朝戸出に些細なことで諍ひし夫の帰りをしきりに待てり
性欲と言ふにはあらず甘えたく夫の蒲団にもぐりこみます
記念にて夫が選びぬこの旅で一木づくりの手つなぐ人形
夫の居ぬ夜は寂しい電話待ついつまでたつてもわたし恋女
清明に目ざしを焼きて夫を待つ夫婦のキッスは目ざしのかをり

幸せをひょいとかかへて来るようなそんな夫ですお酒が好きで
明石焼き夫のみやげに舌鼓やきもち妻の舌に合ひたり

まず一首目、ひとことで言うなら田中さんは人生肯定派ということになるのだろう。青春時代から相思相愛で結ばれてきた夫と、健やかに育った優秀な子供たち。一流企業の中枢部に昇進するまで勤め上げた夫の経済力の下で得た何不自由のない生活。集の前半からあげてみたのだが、そういった自分の境遇に対して深い感謝の念をいだいているのがストレートに伝わってくる。「人生よきかな」と言いきっているのだが、それが少しも嫌みでないのは不思議なくらいだ。夫は企業戦士として毎日忙しく飛びまわり、国内外を問わず長期の出張も多かったようだ。ときとして疲労困憊して妻に当たったりすることもあっただろう。しかし、田中さんは一途である。四首目の「夫の布団にもぐりこみます」という、まるで幼い子供のような、何の衒いもない純真さ。これらの歌が詠まれたのは、おそらく中年期にさしかかってのことだと思われるのだが、六首目の「いつまでたつてもわたし恋女」や、七首目の「夫婦のキッスは目ざしのかをり」には、それこそ、いつまでたっても夫に恋しつづける幸せな女性像が立ち上がる。

馬桜を聞きに銀座まで夫と行きたれど私の鼾で喧嘩になりぬ
朝ごとに軽いキッスをする夫が俺のリップクリーム使ふなと言ふ
夫婦とはいへども互《かた》みに踏みこまずいまだ二人の鮮度を保つ
脱ぎすてて出かけてゆきし夫のパジャマ手に取りたればまだ温かし
元気かとアメリカからの電話あり夫の声がわれを生かしむ
わが夫を待宵草で今日も待つ注文の多い夫であれども
三日月が落ちてきさうな冬の夜私は夫と落語に向かふ
わが夫が気軽に厨に立ちゐるを感謝してをりまぶしいけれど
腹ぽんとあだ名をつけてわれを呼ぶ夫は青春をともにせしひと

日常のなかの一齣一齣に、そういった妻の愛情に応える寛容な夫の姿うかがわれて、それがとても好ましい。朝、見送りに出た妻に軽いキッスをしながら、さりげなく「俺のリップクリーム使うなよ」と言いおく夫、なんて、ひところのアメリカ映画の一場面でも見るようだ。神戸に拠点のある鉄鋼企業にお勤めだった夫君は、海外出張も多かったようだから、そういったオープンな愛情表現にも抵抗がないのだろう。恋愛中は夢中で愛し合っていても、結婚し、子供が生まれて月日が経つにつれ、夫婦はお互いに空気のような存在になることが多い。夫と妻、ではなく、お父さんとお母さんになってしまうのだ。実際にお互いをオトウサン、オカアサンと呼び合っている夫婦を何組も知っているが、田中家では意識的に「対《つい》」の関係を大切にされているように思う。そして、その根本のところで、早くに大病をした妻に対する夫の大いなる愛情があるような気がするのである。

かたはらでたわいない話をする娘あり片手間に聞くも母われの幸

子をふたり置いて夫婦で旅をするテレフォンカード何度も使ひ
優しくてしつかりしてゐる我が娘この賜物を感謝しきれず
釣書きがなければならぬ人などと見合ひはせぬと娘は言ひ放つ
難しき試験に受かり安堵せる娘に祝ひの鯛を買ひたり
口きかぬやうになりたる子が日暮れ献立聞きくるやさしき声で
母さんは故障くらいでちやうどいい息子にエール送られてをり
マザコンで結婚しないといふ息子それを喜ぶ私は勝手
「母さんのやうには生きたくないのよ」と私も昔は言つたりしたもの

親子の結びつきが濃いと自然に子供は結婚願望が薄くなるというのは理の当然かもしれない。娘さんは組織の中でかなり重要なポストにあるらしく、しばしば残業や遠隔地での勤務の歌が見られる。母親としてはわが子にいつまでも手元にいてほしいと思う反面、やはり、結婚して一家を構えてほしいとも思うものだ。あからさまにそういったことを言い立てないというのが当世風のようだが、それもまた、次なる人生のステージへの過渡期と言えるのだろう。

守られて安らぎのうちに日々暮らす主にたまはりし平安うれし
ことことことシチューを煮れば無駄なこと考へるなと鍋が言ふなり
喜ばねばすべてのことを感謝せねば沈没するらんこの浮舟は
短かかる命と思ひ生きてきた大病したが華甲迎へた
右腕の腫れは癌の後遺症乳房あらぬは永久の欠損
癒ゆるには余りに遠く悲しめど重からざるを恩寵とする
秋深し厨にて菜を刻みつつ虫の音を聴く　死ぬときは独り
つつましく生きてゆくのが天命と思ひ定めて家妻である
苦しいこと忘れんがため口笛をひとふし吹けば今日は立春

田中さんの生活の基本のところに信仰があるのを知ったのはここ何年かの

ことである。教会に通っているという歌が見られるようになり、自らの境涯に対する深い感謝の念を歌にするようになられた。やはり、いつ、癌の再発があるか、という危惧をつねに重く心に抱えて来られたのであろう。明るく、屈託のない歌のあいまあいまに見られるこうした歌を取り出してみると胸に迫るものがある。しばしば夫婦で旅に出かけ、落語を楽しみ、外食をし、といった夫君の心遣いにも支えられてこその平安であろう。口さがなく妻をからかいつつ愛おしむ夫と、どこまでも夫を立て敬愛する妻。そしてそんな両親のもとを離れがたくいる子供たち。『春告草』にはどのページにも現代の家族のありようがまざまざと感じられるのである。

どうぞ、本集をお読み下さる方々の温かいお励ましがいただけますように、また、田中さんにとっても、歌が向後の人生の心の拠りどであり続けますようにと祈りつつ、すこし長文となった解説の筆を擱く。

あとがき

この歌集はほぼ三十年間のわたしの日記であり、またこの間に撮りためた家族の記念写真でもあります。古稀が近づいたいま、これまでの来し方をこのあたりで一度まとめてみたいと思って、歌集を編むことにしました。

わたしは昭和二十五年九月、山陰の材木屋の長女として生まれました。母は父といっしょに家業に励んでいましたので、長年、趣味としてきた料理の楽しさと、手作りの美味しさはもっぱら祖母から習ったものです。残念ながら、祖母は祖父よりも早く亡くなってしまいましたが、年をかさねた今になって、なおさら祖母の有難さが分かり、もっと孝行しておけばよかった、と思うことしきりです。

わたしはまた幼い頃から人形が大好きで、近所の友達とおままごとばかりしていました。父は厳しい人でしたが、そんな内向的なわたしをとても可愛いがって育ててくれました。遊んでばかりいたわたしに本を与えてくれたのも父です。そんな父がいて、わたしは本好きな文学少女になったのだと思います。

夫とは高校三年生のときに知り合いました。わたしの旧姓が田村、夫は田中なので出席番号が近くて二人はいつも側にいたように思います。大学時代、宗教と文学の研究をされていた恩師に出会い、一度は大学に残って研究者になることも考えましたが、結局は十九歳のときから付き合っていた夫との結婚を選ぶことにしました。

大学を卒業して一年ののち、わたしたちの新婚生活は神奈川県藤沢市の1DKアパートで始まりました。一階だったのでしばしば下着泥棒に悩まされながらも、母の心配をよそに日々は楽しく過ぎてゆきました。

藤沢には二年ほど住み、その間に長女を生みました。次に夫の仕事の関係で神戸に引っ越しをして、長男を生んだのは二十八歳のときでした。幸せな毎日でしたが、三十五歳のときに乳癌が見つかりました。初期に発見されたのは不幸中の幸いと言わねばなりませんが、若いわたしにとって右の乳房を失ったのはとても悲しい出来事でした。ほどなく夫の転勤に従い、横浜に転居して十二年くらい子育てをしながら暮らしました。その後、川口に移り住み現在にいたっています。ここは交通の便がよく、物価も安くてとても住みやすいところです。

学生のころから長い時間を経てキリスト教に再会し、一九九〇年に受洗しました。海外出張の多い夫を案じての受洗でした。

夫の父親はやさしい穏やかな性格の人でした。一九四五年の八月九日、長崎で被爆し、瓦礫のなかから夫の異母兄を見つけたのだと無念をこめて語ってくれたことが印象に深く残っています。義父には孝行をしないままでした。

夫は付き合い始めたころ、自分は被爆二世だということを話してくれました。最初はわたしも、この人と一緒になったらいつかは未亡人になるかもしれない、と思いましたが、えい、と覚悟を決めました。そして、一計を案じて夫に多額の生命保険をかけて子育てをすることにしたのです。しかし、それは嬉しいことに杞憂となりました。夫は病気らしい病気もしないまま、よく働いてくれました。夫の口から一度も愚痴や弱音を聞いたことはありません。大手の鉄鋼関係の会社に定年まで勤め、おかげで夫婦揃って幸せな老後を迎えようとしています。

残念なことに子供ふたりには結婚願望がないらしく、今もって孫のいない寂しさ、空しさは大きいのですが、その分、心配もないのだから、と諦めています。

久々湊盈子先生の短歌教室に加えていただいたのは平成十年のことでした。川口の公民館で月に一度、十名くらいの歌会をしていました。昨年からはお茶の水の歌会に参加していますが、先生をはじめ、皆様にはお世話になりっぱなしです。短歌があって、皆様との出会いがあって、現在のわたしがあるのだと思います。いたらないわたしですが、今後ともよろしくお願いいたします。

出版にあたり、砂子屋書房の社主、田村雅之様はじめスタッフの方々に細やかにお心配りいただきました。すてきな装丁をして下さった倉本修様にも御礼申し上げます。

最後に、十代で出会って以来、こんなに長い歳月をともに歩んでくれた夫に限りない思いをこめて、ありがとう、と言いたいと思います。二人の子供たちにも健康で平和な明日が続いていきますように、と祈りつつあとがきといたします。

田中幸子

二〇一八年十一月　菊香る日に

歌集　春告草

二〇一九年二月九日初版発行

著　者　田中幸子
埼玉県川口市栄町三—一三—一五—九〇四（〒三三二—〇〇一七）

発行者　田村雅之

発行所　砂子屋書房
東京都千代田区内神田三—四—七（〒一〇一—〇〇四七）
電話　〇三—三二五六—四七〇八　振替　〇〇一三〇—二—九七六三一
URL http://www.sunagoya.com

組　版　はあどわあく

印　刷　長野印刷商工株式会社

製　本　渋谷文泉閣